Miguel de Cervantes Saavedra

El vizcaíno fingido

Barcelona **2024**
Linkgua-ediciones.com

Créditos

Título original: El vízcaíno fingido.

© 2024, Red ediciones S.L.

e-mail: info@linkgua.com

Diseño de cubierta: Michel Mallard.

ISBN rústica: 978-84-9816-372-8.
ISBN ebook: 978-84-9953-125-0.

Sumario

Brevísima presentación

La vida
Miguel de Cervantes Saavedra (Alcalá de Henares, 1547-Madrid, 1616). España.
Hijo de Rodrigo Cervantes, cirujano, y Leonor de Cortina. Se sabe muy poco de su infancia y adolescencia. Era el cuarto hijo entre siete. Las primeras noticias que se tienen de Cervantes son de su etapa de estudiante, en Madrid.
A los veintidós años se fue a Italia, para acompañar al cardenal Acquaviva. En 1571 participó en la batalla de Lepanto, donde sufrió heridas en el pecho y la mano izquierda. Aunque su brazo quedó inutilizado, combatió después en Corfú, Ambarino y Túnez. En 1584 se casó con Catalina de Palacios, no fue un matrimonio afortunado. Tres años más tarde, en 1587, se trasladó a Sevilla y fue comisario de abastos. En esa ciudad sufrió cárcel varias veces por sus problemas económicos. Hacia 1603 o 1604 se fue a Valladolid, y allí también fue a prisión, esta vez acusado de un asesinato. Desde 1606, tras la publicación del Quijote, fue reconocido como un escritor famoso y vivió en Madrid.

La acción de *El vizcaíno fingido* se centra en un timo que un caballero, que dice ser vizcaíno, hace a una dama.

Personajes

Doña Brígida
Doña Cristina
Dos músicos
Quiñones
Solórzano
Un alguacil
Un criado
Un platero

El vizcaíno fingido

([Salen] Solórzano y Quiñones.)

Solórzano   Éstas son las bolsas, y, a lo que parecen, son bien parecidas; y las cadenas que van dentro, ni más ni menos. No hay sino que vos acudáis con mi intento; que, a pesar de la taimería desta sevillana, ha de quedar esta vez burlada.

Quiñones   ¿Tanta honra se adquiere, o tanta habilidad se muestra en engañar a una mujer, que lo tomáis con tanto ahínco y ponéis tanta solicitud en ello?

Solórzano   Cuando las mujeres son como éstas, es gusto el burlallas; cuanto más, que esta burla no ha de pasar de los tejados arriba; quiero decir, que ni ha de ser con ofensa de Dios ni con daño de la burlada; que no son burlas las que redundan en desprecio ajeno.

Quiñones   Alto; pues vos lo queréis, sea así; digo que yo os ayudaré en todo cuanto me habéis dicho, y sabré fingir tan bien como vos, que no lo puedo más encarecer. ¿Adónde vais agora?

Solórzano   Derecho en casa de la ninfa; y vos no salgáis de casa, que yo os llamaré a su tiempo.

Quiñones   Allí estaré clavado, esperando.

([Vanse] los dos. Salen Doña Cristinay Doña Brígida; Cristinasin manto, y Brígida con él, toda asustada y turbada.)

Cristina	¡Jesús! ¿Qué es lo que traes, amiga doña Brígida, que parece que quieres dar el alma a su Hacedor?
Brígida	Doña Cristina, amiga, hazme aire, rocíame con un poco de agua este rostro, que me muero, que me fino, que se me arranca el alma. ¡Dios sea conmigo! ¡Confesión a toda priesa!
Cristina	¿Qué es esto? ¡Desdichada de mí! ¿No me dirás, amiga, lo que te ha sucedido? ¿Has visto alguna mala visión? ¿Hante dado alguna mala nueva de que es muerta tu madre, o de que viene tu marido, o hante robado tus joyas?
Brígida	Ni he visto visión alguna, ni se ha muerto mi madre, ni viene mi marido, que aún le faltan tres meses para acabar el negocio donde fue, ni me han robado mis joyas; pero hame sucedido otra cosa peor.
Cristina	Acaba; dímela, doña Brígida mía; que me tienes turbada y suspensa hasta saberla.
Brígida	¡Ay, querida! Que también te toca a ti parte deste mal suceso. Límpiame este rostro, que él y todo el cuerpo tengo bañado en sudor más frío que la nieve. ¡Desdichadas de aquéllas que andan en la vida libre, que, si quieren tener algún poquito de autoridad, granjeada de aquí o de allí, se la dejarretan y se la quitan al mejor tiempo!
Cristina	Acaba, por tu vida, amiga, y dime lo que te ha sucedido, y qué es la desgracia de quien yo también tengo de tener parte.

Brígida	¡Y cómo si tendrás parte! Y mucha, si eres discreta, como lo eres. Has de saber, hermana, que, viniendo agora a verte, al pasar por la puerta de Guadalajara, oí que, en medio de infinita justicia y gente, estaba un pregonero pregonando que quitaban los coches, y que las mujeres descubriesen los rostros por las calles.
Cristina	Y ¿ésa es la mala nueva?
Brígida	Pues para nosotras, ¿puede ser peor en el mundo?
Cristina	Yo creo, hermana, que debe de ser alguna reformación de los coches: que no es posible que los quiten de todo punto; y será cosa muy acertada, porque, según he oído decir, andaba muy de caída la caballería en España, porque se empanaban diez o doce caballeros mozos en un coche, y azotaban las calles de noche y de día, sin acordárseles que había caballos y jineta en el mundo; y, como les falte la comodidad de las galeras de la tierra, que son los coches, volverán al ejercicio de la caballería, con quien sus antepasados se honraron.
Brígida	¡Ay, Cristinade mi alma! Que también oí decir que, aunque dejan algunos, es con condición que no se presten, ni que en ellos ande ninguna...; ya me entiendes.
Cristina	Ese mal nos hagan; porque has de saber, hermana, que está en opinión, entre los que siguen la guerra, cuál es mejor, la caballería o la infantería; y hase averiguado que la infantería española lleva la gala a todas las naciones; y agora podremos las alegres

mostrar a pie nuestra gallardía, nuestro garbo y nuestra bizarría, y más, yendo descubiertos los rostros, quitando la ocasión de que ninguno se llame a engaño si nos sirviese, pues nos ha visto.

Brígida

¡Ay Cristina! No me digas eso, que linda cosa era ir sentada en la popa de un coche, llenándola de parte a parte, dando rostro a quien y como y cuando quería. Y, en Dios y en mi ánima, te digo que, cuando alguna vez me le prestaban, y me vía sentada en él con aquella autoridad, que me desvanecía tanto, que creía bien y verdaderamente que era mujer principal, y que más de cuatro señoras de título pudieran ser mis criadas.

Cristina

¿Veis, doña Brígida, cómo tengo yo razón en decir que ha sido bien quitar los coches, siquiera por quitarnos a nosotras el pecado de la vanagloria? Y más, que no era bien que un coche igualase a las no tales con las tales; pues, viendo los ojos estranjeros a una persona en un coche, pomposa por galas, reluciente por joyas, echaría a perder la cortesía, haciéndosela a ella como si fuera a una principal señora. Así que, amiga, no debes congojarte, sino acomoda tu brío y tu limpieza, y tu manto de soplillo sevillano, y tus nuevos chapines, en todo caso, con las virillas de plata, y déjate ir por esas calles; que yo te aseguro que no falten moscas a tan buena miel, si quisieres dejar que a ti se lleguen; que engaño en más va que en besarla durmiendo.

Brígida

Dios te lo pague, amiga, que me has consolado con tus advertimientos y consejos; y en verdad que los pienso poner en prática, y pulirme y repulirme, y dar rostro a pie, y pisar el polvico atán menudico, pues no tengo quien me corte la cabeza; que este que piensan que es mi marido, no lo es, aunque me ha dado la palabra de serlo.

Cristina ¡Jesús! ¿Tan a la sorda y sin llamar se entra en mi casa, señor? ¿Qué es lo que vuesa merced manda?

([Sale] Solórzano.)

Solórzano Vuesa merced perdone el atrevimiento, que la ocasión hace al ladrón: hallé la puerta abierta y entréme, dándome ánimo al entrarme venir a servir a vuesa merced, y no con palabras, sino con obras; y, si es que puedo hablar delante desta señora, diré a lo que vengo, y la intención que traigo.

Cristina De la buena presencia de vuesa merced no se puede esperar sino que han de ser buenas sus palabras y sus obras. Diga vuesa merced lo que quisiere, que la señora doña Brígida es tan mi amiga, que es otra yo misma.

Solórzano Con ese seguro y con esa licencia, hablaré con verdad; y con verdad, señora, soy un cortesano a quien vuesa merced no conoce.

Cristina Así es la verdad.

Solórzano Y ha muchos días que deseo servir a vuesa merced, obligado a ello de su hermosura, buenas partes y mejor término; pero estrechezas, que no faltan, han sido freno a las obras hasta agora, que la suerte ha querido que de Vizcaya me enviase un grande amigo mío a un hijo suyo, vizcaíno, muy galán, para que yo le lleve a Salamanca y le ponga de mi mano en compañía que le honre y le enseñe. Porque, para decir la verdad a vuesa merced, él es un poco burro, y tiene algo de mentecapto; y añádesele a esto una tacha, que es lástima decirla, cuanto más tenerla, y es que se toma algún tanto, un si es no es, del vino, pero no de manera que de todo en todo pierda el juicio, puesto que se le turba; y, cuando está asomado, y aun casi todo el cuerpo fuera de la ventana, es cosa maravillosa su alegría y su liberalidad: da todo cuanto tiene a quien se lo pide y a quien no se lo pide; y yo querría que, ya que el diablo se ha de llevar cuanto tiene, aprovecharme de alguna cosa, y no he hallado mejor medio que traerle a casa de vuesa merced, porque es muy amigo de damas, y aquí le desollaremos cerrado como a gato. Y, para principio, traigo aquí a vuesa merced esta cadena en este bolsillo, que pesa ciento y veinte escudos de oro, la cual tomará vuesa merced, y me dará diez escudos agora, que yo he menester para ciertas cosillas, y gastará otros veinte en una cena esta noche, que vendrá acá nuestro burro o nuestro búfalo, que le llevo yo por el naso, como dicen; y, a dos idas y venidas, se quedará vuesa merced con toda la cadena, que yo no quiero más de los diez escudos de ahora. La cadena es bonísima, y de muy buen oro, y vale algo de hechura. Hela aquí; vuesa merced la tome.

Cristina   Beso a vuesa merced las manos por la que me ha hecho en acordarse de mí en tan provechosa ocasión; pero, si he de decir lo que siento, tanta liberalidad me tiene algo confusa y algún tanto sospechosa.

Solórzano	Pues, ¿de qué es la sospecha, señora mía?
Cristina	De que podrá ser esta cadena de alquimia; que se suele decir que no es oro todo lo que reluce.
Solórzano	Vuesa merced habla discretísimamente; y no en balde tiene vuesa merced fama de la más discreta dama de la corte; y hame dado mucho gusto el ver cuán sin melindres ni rodeos me ha descubierto su corazón; pero para todo hay remedio, si no es para la muerte. Vuesa merced se cubra su manto, o envíe si tiene de quién fiarse, y vaya a la platería, y en el contraste se pese y toque esa cadena; y cuando fuera fina y de la bondad que yo he dicho, entonces vuesa merced me dará los diez escudos, haréle una regalaria al borrico, y se quedará con ella.
Cristina	Aquí, pared y medio, tengo yo un platero, mi conocido, que con facilidad me sacará de duda.
Solórzano	Eso es lo que yo quiero, y lo que amo y lo que estimo; que las cosas claras Dios las bendijo.
Cristina	Si es que vuesa merced se atreve a fiarme esta cadena, en tanto que me satisfago, de aquí a un poco podrá venir, que yo tendré los diez escudos en oro.
Solórzano	¡Bueno es eso! Fío mi honra de vuesa merced, ¿y no le había de fiar la cadena? Vuesa merced la haga

tocar y retocar, que yo me voy, y volveré de aquí a
media hora.

Cristina

Y aun antes, si es que mi vecino está en casa.

([Vase] Solórzano.)

Brígida

Ésta, Cristinaamiga, no solo es ventura, sino ven-
turón llovido.
¡Desdichada de mí, y qué desgraciada que soy, que
nunca topo quien me dé un jarro de agua sin que
me cueste mi trabajo primero! Solo me encontré
el otro día en la calle a un poeta, que de bonísima
voluntad y con mucha cortesía me dio un soneto de
la historia de Píramo y Tisbe, y me ofreció trecientos
en mi alabanza.

Cristina

Mejor fuera que te hubieras encontrado con un
ginovés que te diera trecientos reales.

Brígida

¡Sí, por cierto! ¡Ahí están los ginoveses de mani-
fiesto y para venirse a la mano, como halcones al
señuelo! Andan todos malencónicos y tristes con el
decreto.

Cristina

Mira, Brígida, desto quiero que estés cierta: que
más vale un ginovés quebrado que cuatro poetas
enteros. Mas, ¡ay!, el viento corre en popa; mi platero es éste. Y ¿qué quiere mi buen vecino? Que a
fe que me ha quitado el manto de los hombros, que
ya me le quería cubrir para buscarle.

([Sale] el Platero.)

16

Platero	Señora doña Cristina, vuesa merced me ha de hacer una merced: de hacer todas sus fuerzas por llevar mañana a mi mujer a la comedia, que me conviene y me importa quedar mañana en la tarde libre de tener quien me siga y me persiga.
Cristina	Eso haré yo de muy buena gana; y aun, si el señor vecino quiere mi casa y cuanto hay en ella, aquí la hallará sola y desembarazada; que bien sé en qué caen estos negocios.
Platero	No, señora; entretener a mi mujer me basta. Pero, ¿qué quería vuesa merced de mí, que quería ir a buscarme?
Cristina	No más, sino que me diga el señor vecino qué pesará esta cadena, y si es fina, y de qué quilates.
Platero	Esta cadena he tenido yo en mis manos muchas veces, y sé que pesa ciento y cincuenta escudos de oro de a veinte y dos quilates; y que si vuesa merced la compra y se la dan sin hechura, no perderá nada en ella.
Cristina	Alguna hechura me ha de costar, pero no mucha.
Platero	Mire cómo la concierta la señora vecina, que yo le haré dar, cuando se quisiere deshacer della, diez ducados de hechura.
Cristina	Menos me ha de costar, si yo puedo; pero mire el vecino no se engañe en lo que dice de la fineza del oro y cantidad del peso.

Platero	¡Bueno sería que yo me engañase en mi oficio! Digo, señora, que dos veces la he tocado eslabón por eslabón, y la he pesado, y la conozco como a mis manos.
Brígida	Con eso nos contentamos.
Platero	Y por más señas, sé que la ha llegado a pesar y a tocar un gentilhombre cortesano que se llama tal de Solórzano.
Cristina	Basta, señor vecino; vaya con Dios, que yo haré lo que me deja mandado. Yo la llevaré y entretendré dos horas más, si fuere menester; que bien sé que no podrá dañar una hora más de entretenimiento.
Platero	Con vuesa merced me entierren, que sabe de todo; y a Dios, señora mía.

(Vase el platero.)

Brígida	¿No haríamos con este cortesano Solórzano, que así se debe llamar sin duda, que trujese con el vizcaíno para mí alguna ayuda de costa, aunque fuese de algún borgoñón más borracho que un zaque?
Cristina	Por decírselo no quedará; pero vesle, aquí vuelve; priesa trae, diligente anda; sus diez escudos le aguijan y espolean.

([Sale] Solórzano.)

Solórzano	Pues, señora doña Cristina, ¿ha hecho vuesa merced sus diligencias? ¿Está acreditada la cadena?
Cristina	¿Cómo es el nombre de vuesa merced, por su vida?
Solórzano	Don Esteban de Solórzano me suelen llamar en mi casa; pero, ¿por qué me lo pregunta vuesa merced?
Cristina	Por acabar de echar el sello a su mucha verdad y cortesía. Entretenga vuesa merced un poco a la señora doña Brígida, en tanto que entro por los diez escudos.

([Vase] Cristina.)

Brígida	Señor don Solórzano, ¿no tendrá vuesa merced por ahí algún mondadientes para mí? Que en verdad no soy para desechar, y que tengo yo tan buenas entradas y salidas en mi casa como la señora doña Cristina; que, a no temer que nos oyera alguna, le dijera yo al señor Solórzano más de cuatro tachas suyas: que sepa que tiene las tetas como dos alforjas vacías, y que no le huele muy bien el aliento, porque se afeita mucho; y, con todo eso, la buscan, solicitan y quieren; que estoy por arañarme esta cara, más de rabia que de envidia, porque no hay quien me dé la mano, entre tantos que me dan del pie; en fin, la ventura de las feas...
Solórzano	No se desespere vuesa merced, que, si yo vivo, otro gallo cantará en su gallinero.

(Vuelve a [Salir] Cristina.)

Cristina	He aquí, señor don Esteban, los diez escudos, y la cena se aderezará esta noche como para un príncipe.
Solórzano	Pues nuestro burro está a la puerta de la calle, quiero ir por él; vuesa merced me le acaricie, aunque sea como quien toma una píldora.

(Vase Solórzano.)

Brígida	Ya le dije, amiga, que trujese quien me regalase a mí, y dijo que sí haría, andando el tiempo.
Cristina	Andando el tiempo en nosotras, no hay quien nos regale; amiga, los pocos años traen la mucha ganancia, y los muchos la mucha pérdida.
Brígida	También le dije cómo vas muy limpia, muy linda y muy agraciada; y que toda eras ámbar, almizcle y algalia entre algodones.
Cristina	Ya yo sé, amiga, que tienes muy buenas ausencias.
Brígida	[Aparte] Mirad quién tiene amartelados; que vale más la suela de mi botín que las arandelas de su cuello; otra vez vuelvo a decir: la ventura de las feas...

([Salen] Quiñones y Solórzano.)

Quiñones	Vizcaíno, manos bésame vuesa merced, que mándeme.

Solórzano	Dice el señor vizcaíno que besa las manos de vuesa merced y que le mande.
Brígida	¡Ay, qué linda lengua! Yo no la entiendo a lo menos, pero paréceme muy linda.
Cristina	Yo beso las del mi señor vizcaíno, y más adelante.
[Quiñones]	Pareces buena, hermosa; también noche esta cenamos; cadena que das, duermas nunca, basta que doyla.
Solórzano	Dice mi compañero que vuesa merced le parece buena y hermosa; que se apareje la cena; que él da la cadena, aunque no duerma acá, que basta que una vez la haya dado.
Brígida	¿Hay tal Alejandro en el mundo? ¡Venturón, venturón, y cien mil veces venturón!
Solórzano	Si hay algún poco de conserva, y algún traguito del devoto para el señor vizcaíno, yo sé que nos valdrá por uno ciento.
Cristina	¡Y cómo si lo hay! Y yo entraré por ello, y se lo daré mejor que al Preste Juan de las Indias.

([Vase] Cristina.)

Quiñones	Dama que quedaste, tan buena como entraste.
Brígida	¿Qué ha dicho, señor Solórzano?

Solórzano	Que la dama que se queda, que es vuesa merced, es tan buena como la que se ha entrado.
Brígida	¡Y cómo que está en lo cierto el señor vizcaíno! A fe que en este parecer que no es nada burro.
Quiñones	Burro el diablo; vizcaíno ingenio queréis cuando tenerlo.
Brígida	Ya le entiendo: que dice que el diablo es el burro, y que los vizcaínos, cuando quieren tener ingenio, le tienen.
Solórzano	Así es, sin faltar un punto.

(Vuelve a salir Cristina con un criado o criada, que traen una caja de conserva, una garrafa con vino, su cuchillo y servilleta.)

Cristina	Bien puede comer el señor vizcaíno, y sin asco; que todo cuanto hay en esta casa es la quintaesencia de la limpieza.
Quiñones	Dulce conmigo, vino y agua llamas bueno; santo le muestras, ésta le bebo y otra también.
Brígida	¡Ay, Dios, y con qué donaire lo dice el buen señor, aunque no le entiendo!
Solórzano	Dice que, con lo dulce, también bebe vino como agua; y que este vino es de San Martín, y que beberá otra vez.
Cristina	Y aun otras ciento: su boca puede ser medida.

Solórzano	No le den más, que le hace mal, y ya se le va echando de ver; que le he yo dicho al señor Azcaray que no beba vino en ningún modo, y no aprovecha.
Quiñones	Vamos, que vino que subes y bajas, lengua es grillos y corma es pies; tarde vuelvo, señora, Dios que te guárdate.
Solórzano	¡Miren lo que dice, y verán si tengo yo razón!
Cristina	¿Qué es lo que ha dicho, señor Solórzano?
Solórzano	Que el vino es grillo de su lengua y corma de sus pies; que vendrá esta tarde, y que vuesas mercedes se queden con Dios.
Brígida	¡Ay, pecadora de mí, y cómo que se le turban los ojos y se trastraba la lengua! ¡Jesús, que ya va dando traspiés! ¡Pues monta que ha bebido mucho! La mayor lástima es ésta que he visto en mi vida; ¡miren qué mocedad y qué borrachera!
Solórzano	Ya venía él refrendado de casa. Vuesa merced, señora Cristina, haga aderezar la cena, que yo le quiero llevar a dormir el vino, y seremos temprano esta tarde.

([Vanse] el vizcaíno [Quiñones] y Solórzano.)

Cristina	Todo estará como de molde; vayan vuesas mercedes en hora buena.
Brígida	Amiga Cristina, muéstrame esa cadena, y déjame dar con ella dos filos al deseo. ¡Ay, qué linda, qué

nueva, qué reluciente y qué barata! Digo, Cristina, que, sin saber cómo ni cómo no, llueven los bienes sobre ti, y se te entra la ventura por las puertas, sin solicitalla. En efeto, eres venturosa sobre las venturosas; pero todo lo merece tu desenfado, tu limpieza y tu magnífico término: hechizos bastantes a rendir las más descuidadas y esentas voluntades; y no como yo, que no soy para dar migas a un gato. Toma tu cadena, hermana, que estoy para reventar en lágrimas, y no de envidia que a ti te tengo, sino de lástima que me tengo a mí.

(Vuelve a [salir] Solórzano.)

Solórzano	¡La mayor desgracia nos ha sucedido del mundo!
Brígida	¡Jesús! ¿Desgracia? ¿Y qué es, señor Solórzano?
Solórzano	A la vuelta desta calle, yendo a la casa, encontramos con un criado del padre de nuestro vizcaíno, el cual trae cartas y nuevas de que su padre queda a punto de expirar, y le manda que al momento se parta, si quiere hallarle vivo. Trae dinero para la partida, que sin duda ha de ser luego; yo le he tomado diez escudos para vuesa merced, y velos aquí, con los diez que vuesa merced me dio denantes, y vuélvaseme la cadena; que, si el padre vive, el hijo volverá a darla, o yo no seré don Esteban de Solórzano.
Cristina	En verdad, que a mí me pesa; y no por mi interés, sino por la desgracia del mancebo, que ya le había tomado afición.

Brígida	Buenos son diez escudos ganados tan holgando; tómalos, amiga, y vuelve la cadena al señor Solórzano.
Cristina	Vela aquí, y venga el dinero; que en verdad que pensaba gastar más de treinta en la cena.
Solórzano	Señora Cristina, al perro viejo nunca tus tus; estas tretas, con los de las galleruzas, y con este perro a otro hueso.
Cristina	¿Para qué son tantos refranes, señor Solórzano?
Solórzano	Para que entienda vuesa merced que la codicia rompe el saco. ¿Tan presto se desconfió de mi palabra, que quiso vuesa merced curarse en salud, y salir al lobo al camino, como la gansa de Cantipalos? Señora Cristina, señora Cristina, lo bien ganado se pierde, y lo malo, ello y su dueño. Venga mi cadena verdadera, y tómese vuesa merced su falsa, que no ha de haber conmigo transformaciones de Ovidio en tan pequeño espacio. ¡Oh hideputa, y qué bien que la amoldaron, y qué presto!
Cristina	¿Qué dice vuesa merced, señor mío, que no le entiendo?
Solórzano	Digo que no es ésta la cadena que yo dejé a vuesa merced, aunque le parece: que ésta es de alquimia, y la otra es de oro de a veinte y dos quilates.
Brígida	En mi ánima, que así lo dijo el vecino, que es platero.
Cristina	¿Aun el diablo sería eso?

Solórzano	El diablo o la diabla, mi cadena venga, y dejémonos de voces, y excúsense juramentos y maldiciones.
Cristina	El diablo me lleve, lo cual querría que no me llevase, si no es ésa la cadena que vuesa merced me dejó, y que no he tenido otra en mis manos. ¡Justicia de Dios, si tal testimonio se me levantase!
Solórzano	Que no hay para qué dar gritos; y más, estando ahí el señor Corregidor, que guarda su derecho a cada uno.
Cristina	Si a las manos del Corregidor llega este negocio, yo me doy por condenada; que tiene de mí tan mal concepto, que ha de tener mi verdad por mentira y mi virtud por vicio. Señor mío, si yo he tenido otra cadena en mis manos, sino aquesta, de cáncer las vea yo comidas.

([Sale] un alguacil.)

Alguacil	¿Qué voces son éstas, qué gritos, qué lágrimas y qué maldiciones?
Solórzano	Vuesa merced, señor alguacil, ha venido aquí como de molde. A esta señora del rumbo sevillano le empeñé una cadena, habrá una hora, en diez ducados, para cierto efecto; vuelvo agora a desempeñarla, y, en lugar de una que le di, que pesaba ciento y cincuenta ducados de oro de veinte y dos quilates, me vuelve ésta de alquimia, que no vale dos ducados; y quiere poner mi justicia a la venta de la Zarza, a voces y a gritos, sabiendo que será

testigo desta verdad esta misma señora, ante quien ha pasado todo.

Brígida Y ¡cómo si ha pasado!, y aun repasado; y, en Dios y en mi ánima, que estoy por decir que este señor tiene razón; aunque no puedo imaginar dónde se pueda haber hecho el trueco, porque la cadena no ha salido de aquesta sala.

Solórzano La merced que el señor alguacil me ha de hacer es llevar a la señora al Corregidor; que allá nos averiguaremos.

Cristina Otra vez torno a decir que, si ante el Corregidor me lleva, me doy por condenada.

Brígida Sí, porque no estoy bien con sus huesos.

Cristina Desta vez me ahorco. Desta vez me desespero. Desta vez me chupan brujas.

Solórzano Ahora bien; yo quiero hacer una cosa por vuesa merced, señora Cristina, siquiera porque no la chupen brujas, o, por lo menos, se ahorque. Esta cadena se parece mucho a la fina del vizcaíno; él es mentecapto y algo borrachuelo; yo se la quiero llevar, y darle a entender que es la suya, y vuesa merced contente aquí al señor alguacil; y gaste la cena desta noche, y sosiegue su espíritu, pues la pérdida no es mucha.

Cristina Págueselo a vuesa merced todo el cielo; al señor alguacil daré media docena de escudos, y en la cena gastaré uno, y quedaré por esclava perpetua del señor Solórzano.

Brígida   Y yo me haré rajas bailando en la fiesta.

Alguacil   Vuesa merced ha hecho como liberal y buen caballero, cuyo oficio ha de ser servir a las mujeres.

Solórzano   Vengan los diez escudos que di demasiados.

Cristina   Helos aquí, y más los seis para el señor alguacil.

([Salen] dos músicos, y Quiñones, el vizcaíno.)

Músico   Todo lo hemos oído, y acá estamos.

[Quiñones]   Ahora sí que puede decir a mi señora Cristina: mamóla una y cien mil veces.

Brígida   ¿Han visto qué claro que habla el vizcaíno?

[Quiñones]   Nunca hablo yo turbio, si no es cuando quiero.

Cristina   ¡Que me maten si no me la han dado a tragar estos bellacos!

Quiñones   Señores músicos, el romance que les di y que saben, ¿para qué se hizo?

Músicos   «La mujer más avisada,
o sabe poco, o no nada.
   La mujer que más presume
de cortar como navaja
los vocablos repulgados,

entre las godeñas pláticas;
la que sabe de memoria,
a [L]ofraso y a Diana,
y al Caballero del Febo
con Olivante de Laura;
la que seis veces al mes
al gran Don Quijote pasa,
aunque más sepa de aquesto,
o sabe poco, o no nada.
    La que se fía en su ingenio,
lleno de fingidas trazas,
fundadas en interés,
y en voluntades tiranas;
la que no sabe guardarse,
cual dicen, del agua mansa,
y se arroja a las corrientes
que ligeramente pasan;
la que piensa que ella sola
es el colmo de la nata
en esto del trato alegre,
o sabe poco, o no nada.»

Cristina   Ahora bien, yo quedo burlada, y, con todo esto, convido a vuesas mercedes para esta noche.

Quiñones   Aceptamos el convite, y todo saldrá en la colada.

    Fin

Libros a la carta

A la carta es un servicio especializado para
empresas,
librerías,
bibliotecas,
editoriales
y centros de enseñanza;
y permite confeccionar libros que, por su formato y concepción, sirven a los propósitos más específicos de estas instituciones.

Las empresas nos encargan ediciones personalizadas para marketing editorial o para regalos institucionales. Y los interesados solicitan, a título personal, ediciones antiguas, o no disponibles en el mercado; y las acompañan con notas y comentarios críticos.

Las ediciones tienen como apoyo un libro de estilo con todo tipo de referencias sobre los criterios de tratamiento tipográfico aplicados a nuestros libros que puede ser consultado en Linkgua-ediciones.com .

Linkgua edita por encargo diferentes versiones de una misma obra con distintos tratamientos ortotipográficos (actualizaciones de carácter divulgativo de un clásico, o versiones estrictamente fieles a la edición original de referencia).

Este servicio de ediciones a la carta le permitirá, si usted se dedica a la enseñanza, tener una forma de hacer pública su interpretación de un texto y, sobre una versión digitalizada «base», usted podrá introducir interpretaciones del texto fuente. Es un tópico que los profesores denuncien en clase los desmanes de una edición, o vayan comentando errores de interpretación de un texto y esta es una solución útil a esa necesidad del mundo académico.

Asimismo publicamos de manera sistemática, en un mismo catálogo, tesis doctorales y actas de congresos académicos, que son distribuidas a través de nuestra Web.

El servicio de «libros a la carta» funciona de dos formas.

1. Tenemos un fondo de libros digitalizados que usted puede personalizar en tiradas de al menos cinco ejemplares. Estas personalizaciones pueden ser de todo tipo: añadir notas de clase para uso de un grupo de estudian-

tes, introducir logos corporativos para uso con fines de marketing empresarial, etc. etc.

2. Buscamos libros descatalogados de otras editoriales y los reeditamos en tiradas cortas a petición de un cliente.

.